AF303861

Ein kurzes Buch der kleinen Tode

Die Geschichte zweier Seelen

Emily Margaret Walsh

Index

Prolog

Blut und Gold und eine Dahlie

Es war ein Schlachtfeld,

rote Stufen, keine Tür,

rote Hände, rote Böden,

keine Wände stehen mehr.

Es war ein Friedhof,

dunkle Gräber, tiefe Schatten,

dunkle Augen, dunkle Hoffnung,

tief begraben, was wir hatten.

Es war ein Mahnmal,

deiner Züge, meiner Schuld,

deine Lippen, deine Lügen,

verewigt in Granit und Gold.

Wir waren Feinde,

geprägt von Lügen und Verrat,

von Hass und Liebe nichts verblieben,

nur die Blume und ein Grab.

London, 06. November 1541

In den Gemächern der Königin brannte der Kamin. Katherine saß am Feuer, tief über einen Brief gebeugt. An ihrer Seite stand ein runder Beistelltisch mit einigen Papieren und einem halbleeren Weinkelch. Als sie fertig gelesen hatte stand sie auf, warf den Brief ins Feuer und widmete sich den anderen Papieren. Dann warf sie auch diese ins Feuer, stocherte noch ein wenig mit dem Schürhaken darin herum und warf einige Holzscheite nach. Die aufsteigende Glut wärmte ihr rosiges Gesicht. Katherine sah jung aus, doch das täuschte. Vieles an ihr täuschte. Von den pompösen, dunkelgrünen Röcken bis zu ihren zarten Händen, die aussahen, als hätte sie in diesem Leben noch keinen Tag Arbeit gesehen.

Sie seufzte schwer, bevor sie sich aufrichtete, zu dem Beistelltisch ging und den Rest Wein in einem Zug leerte. Von den Papieren waren nur noch einige verkohlte Ecken zu erkennen.

Selten noch ging Katherine in die Gemächer ihres Königs, doch heute war so ein Tag. Sie verabscheute ihn. Alles an ihm ekelte sie an. Die Tatsache, dass sie seine fünfte Frau war und das Wissen um das Schicksal ihrer Vorgängerinnen, schürten ihren Hass wie frischer Sommerwind einen Waldbrand.

Als sie das Zimmer ihres Gatten betrat, stand ihre Zofe bei seinem Bett. Das Mädchen zuckte erschrocken zusammen, als sie die Königin sah. Ihr Name war Eliza. Ihre Haare waren zerzaust und der Saum ihrer Bluse gerissen. Tränen liefen über ihre geröteten Wangen. Als sie mit gesenktem Blick und unzählige Entschuldigungen murmelnd an ihr vorbei huschte, hielt Katherine sie am Arm fest.

„Vergebt mir, meine Königin", flüsterte das Mädchen, doch Katherine schüttelte den Kopf und drückte ihren Arm fester.

„Es gibt nichts, wofür du dich entschuldigen müsstest." Dann hob sie vorsichtig Elizas Kinn an, strich ihr die Tränen von der Wange und ließ sie los. „Geh." Eliza nickte und rannte aus dem Zimmer.

„Oh mein geliebter Henry." Den Blick voll liebevoller Sorge trat Katherine an sein Bett. Er war fett geworden, und alt.

„Meine Rose", ächzte er, als würde seine Lunge nachgeben und Katherine drückte bei jedem rasselnden Atemzug die Daumen.

Schon bei ihrer Hochzeit war er so krank gewesen, dass er kaum hatte laufen können. Trotzdem hatte er länger durchgehalten als erwartet, länger als geplant. Doch am Ende spielte Zeit keine Rolle. Sie würde ihn überleben und dann war sie am Zug. Henrys Sohn war zu jung, um die Krone zu tragen und die Mutter war tot. Das machte Katherine zur rechtmäßigen Königin-Regentin.

„Versuch etwas zu schlafen", säuselte sie und versuchte dabei seine Hand auf ihrem Busen zu ignorieren.

„Katherine."

„Ich bin hier."

Als er die Augen schloss schob Katherine seine Hand zur Seite und stand auf. Für einen kurzen Moment betrachtete sie ihren Ehegatten, ihren König. Voller Verachtung rümpfte sie die Nase. Dann wandte sie sich ab und ging. Sie hatte Wichtigeres zu tun, Vorbereitungen zu treffen. Pläne mussten geschmiedet und Allianzen geschlossen werden. All das für den Tag, an dem Henry der VIII. seine Augen nicht mehr öffnete.

Ihre Schritte hallten von den steinernen Mauern. Sie hatte ein Ziel: die Gemächer von Thomas Culper.

Paris,   08. Juli 1782

Leonard saß in der Ecke einer schlecht besuchten Kneipe über einen morschen Holztisch gebeugt. Vor ihm stand ein Krug Bier.

„Die Leute verhungern!" Antoine schlug mit der Faust auf den wackligen Tisch und fuhr wild gestikulierend fort. „Kein Getreide" Kein-" *Blablabla*.

Leonard rieb sich die Augen. Das Alles hatte er schon tausend Mal gehört: Ungerechtigkeit, Widerstand, Revolution, am Ende waren Alle tot und die Ungerechtigkeit lebte weiter.

Antoine sah ihn erwartungsvoll an. Scheinbar war er fertig mit seiner Rede. „Ja, ja." Leonard nickte eifrig, wobei der Raum vor seinen Augen immer einige Sekunden nachhing. „Schrecklich ist das." Diese Worte meinte er sogar. Es war schrecklich. Auch er war ständig hungrig. Doch er würde es wohl überleben. Ausgetestet hatte er diese Theorie schon vor langer Zeit. Trotzdem hungerte er nicht gerne. Er hatte jedoch auch nicht viel dagegen, Brot gegen Kuchen zu tauschen, so wie die Königin riet. Die Franzosen verstanden das Backhandwerk. In Marseille hatte er einmal kleine Törtchen probiert, die könnte er zu jeder Mahlzeit essen.

„Also?" Antoine blickte ihn mit großen, vor Erwartung leuchtenden Augen an.

„Also", wiederholte Leonard und vollführte dabei eine strategische Mischung aus einem Kopfschütteln und einem Nicken.

Antoine nickte eifrig zurück. „Heute Abend."

„Heute Abend", echote Leonard nickend, hielt dann aber mitten in der Bewegung inne und starrte seinen Freund an. „Heute Abend?" Bedeutete das etwa es war nicht Abend?

„Heute Abend, mein Freund." Antoine legte ihm eine Hand auf die Schulter und grinste wie ein Irrer. „Heute Abend brechen wir in den königlichen Getreidespeicher ein."

Leonard schluckte. Zwar fragte er sich immer noch, was mit dem letzten Abend und der folgenden Nacht geschehen war, doch nun hatte er größere Sorgen. Er mochte Antoine, obwohl dieser ein dummer Idealist war. Sie waren Freunde und von denen hatte er nicht viele. Und heute Abend würde Antoine sterben. Und Leonard wohl auch, doch das war nicht weiter schlimm. „Wo und wann?", lallte er.

„Das ist, was ich hören wollte, mein Freund", sagte Antoine mit einem Grinsen, so breit, dass es sein Gesicht in der Hälfte durchschnitt. „Du nüchterst erstmal ein wenig aus.

Wir treffen uns beim zwölften Glockenschlag vor der Schänke."

Leonard nickte. Das Leuchten in den Augen seines Freundes schnürte ihm die Kehle zu.

Müde schlug Leonard seine löchrige Decke zurück und ließ sich aufs Bett fallen. Zwischen den Brettern, die er vor das Fenster seiner Kammer genagelt hatte, schien die Mittagssonne herein. Doch die würde ihn nicht wachhalten. Auf einem schief zusammen genagelten Nachtschränkchen stand ein halb-leeres Weinglas, daneben ein kleines Fläschchen ohne Etikett. Leonard entkorkte die Flasche und gab einige Tropfen der Tinktur in den Wein, dann leerte er das Glas in einem Zug. „Möge ich wie ein Toter ruhen", murmelte er. Dann sank er in seine Kissen und lauschte, wie sein Puls immer schwächer wurde und schließlich ganz versiegte. Leonard starb.

Leonard schlief und träumte wirre Sachen aus längst vergangenen Jahrhunderten. Beim zwölften Glockenschlag fuhr er aus dem Schlaf hoch. Er war schweißnass und seine Laken stanken nach Bier. Einige Sekunden verharrte er in der Dunkelheit und lauschte der Stille. Dann wusste er wieder wo und wann er war.

„Mist.“

Bei seinem Hechtsprung zur Tür trat er irgendwas zu seinen Füßen, das scheppernd in eine Ecke flog. Er knöpfte hastig das durchnässte Hemd zu, schlüpfte in seine Schuhe und riss die Tür auf. Auf dem Flur brannte ein schwaches Licht, das im Augenwinkel an ihm vorbeiflog, als er die Treppe hinab und hinaus auf die Straße stürzte. Bei jedem Schritt merkte er die unebenen Pflastersteine unter seinen ausgeleierten Sohlen und die faulige Luft der Pariser Straßen brannte in seiner Lunge. Er hatte die Kondition eines über vierhundert Jahre alten Mannes.

Als er an der Schänke ankam war, Antoine bereits weg. Doch Leonard konnte hinter den Häusern noch das Licht der Fackeln sehen. Antoine hatte Fackelzüge schon immer gemocht. Fluchend und um sich tretend raufte Leonard sich die Haare. Das war noch schlimmer, als zu zweit still und heimlich etwas Getreide zu stehlen. Dabei bestand zumindest der Bruchteil einer Chance, ungesehen und mit dem Leben davon zu kommen. Diese Chance bestand nun nicht mehr. Leonard wusste nicht, wo Antoine all die Leute herhatte, doch die lodernden Fackeln sah man über die halbe Stadt hinweg. Eine ganze Weile lang betrachtete Leonard die tanzenden Schatten. Was machte es für einen

Unterschied, ob er dabei war? Die Rebellen würden sterben. Und ein rostiges Schwert im Bauch war ein Tod, auf den er verzichten konnte. Aber Antoine war sein Freund, vielleicht sogar sein bester, und schließlich hatte Leonard nicht viele Freunde. Nach diesem Abend würde er wohl wieder keine haben.

Er seufzte schwer und rieb sich die Augen. Am Ende konnte er seinem besten Freund wenigstens zu Seite stehen, während er ging und Leonard blieb.

London, 13. Februar 1542

Katherines Zelle stank nach Exkrementen. Sie wollte sich lieber gar nicht ausmalen, wovon das Stroh auf dem sie kauerte, so feucht war. In der Ecke stand ein Eimer. Frustriert vergrub sie die Finger in ihren verdreckten Haaren. Ihre Glieder waren steif vor Kälte und von der unbequemen Nacht auf dem Steinboden. Und ein kleines Bisschen wurde ihr die Brust eng, bei dem Gedanken an das, was ihr bevorstand.

Ehebruch warf man ihr vor. Doch Katherine wusste genau, was sie verbrochen hatte. Sie besaß Ambitionen. Ihr Prozess war ein verdammter Witz gewesen. Natürlich hatte sie mit Thomas Culper geschlafen. Sie brauchte ihn auf ihrer Seite und der Handel schien ihr fair. Und dass man die jahrealte Liebschaft mit ihrem Musiklehrer Mennox ausgegraben hatte, bewies lediglich, dass es bei ihrer Verurteilung nicht um eine kleine Indiskretion mit einem Höfling ging. Jemand wollte sie fallen sehen.

„Meine Königin", spottete die Wache vor ihrer Zelle, doch Katherine reagierte nicht. „Hey!" Der grobschlächtige Kerl schlug mit seinem Schwert gegen die Gitterstäbe.

Sein grunzendes Lachen und das Scheppern von Metall hallte von den Mauern ihrer Zelle und stürzte dröhnend auf sie ein.

„Was?", fauchte sie zurück.

„Du bist schön."

Sie spürte seinen Augen wie schmutzige Finger auf ihrer Haut. Doch sie ertrug es, wich nicht zurück und versuchte auch nicht die Stellen ihres Körpers, die das Nachthemd nicht umhüllte, zu bedecken.

Es war Nacht gewesen, als sie aus ihren Gemächern gezerrt und unter den Blicken des Hofes über die Flure geführt wurde. Mit gehobenem Kinn war sie an ihnen vorbeigeschritten, in ihrem goldbestickten Nachthemd. Mittlerweile hing der weiße Stoff in grauen Fetzen an ihr herunter. Nach dem Prozess, den sie mit zusammengekratzter Restwürde und ohne einen Kleiderwechsel bestritten hatte, waren die Leute über sie hergefallen. Zwar wurde sie beidseitig flankiert durch die Menge geführt, doch einige mutige Ratsmitglieder und sogar Bedienstete hatten die Finger nach ihr ausgestreckt und lachend an ihren Röcken gerissen.

Sie fragte sich, wie es Thomas Culper erging. Für sie war er nur ein Mittel zum Zweck gewesen, eine Marionette;

vielleicht auch naives Wunschdenken oder eine Ablenkung von ihrer lieblosen Ehe. Doch Thomas hatte sie geliebt. Dafür hatte Katherine gesorgt.

„Man sagt sich, im Schloss hatte dich schon jeder einmal", fuhr die Wache vor ihrer Zelle fort. Katherine begriff schnell, worauf er hinauswollte. Sein Gesicht war von einem fauligen Grinsen verzerrt und in seinen Augen loderte die Lust.

„Jeder mit Rang und Namen", gab Katherine zurück. Sie musste sich nicht schämen und das würde sie auch nicht. Der Kerl lachte. Als er nach den Schlüsseln griff, zuckten seine Finger vor Vorfreude. „Jeder mit Rang und Namen", wiederholte Katherine. Mit gehobenem Kinn begegnete sie seinem Blick. „Keine erbärmliche Kerkerratte." Es folgte ein kurzer Augenblick der Stille. Nur die Schlüssel klimperten.

„Was hast du gerade gesagt?"

Sie sah ihm unverwandt in die Augen und ließ die Stille für sich sprechen.

Jetzt brüllte der Mann: „Was hast du gerade zu mir gesagt?" Mit seinen wurstigen Fingern rammte er den Schlüssel in die Zellentür und riss sie auf.

Katherine wich zurück, schlug dabei mit dem Rücken an den kalten Stein. Sie verfluchte sich für ihre Angst, zwang sich zur Ruhe. Ihr konnte nichts geschehen. Und doch zitterte sie. Sie kauerte im Schatten eines ungebildeten Mannes und zitterte. Und als er seine schmierige Hand um ihren Hals legte schloss sie die Augen und eine Träne lief ihre Wange hinunter. Unter seinem fauligen Atem erkannte sie den Geruch nach Bier und altem Brot.

„Hey!"

Katherine schlug die Augen auf. Hinter dem Kerl war eine zweite Wache aufgetaucht.

„Nimm deine Finger von der Königin!"

„Königin?", lachte er und seine Pranken schienen sich noch enger um ihren Hals zu schließen, dann ließ er sie los. „Diese Hure ist keine Königin. Nicht mehr."

Als er sich aufrichtete erkannte Katherine den Größenunterschied zu dem hageren Jungen, der ihr zur Hilfe gekommen war. Sein Brustpanzer baumelte lose von seinen schmalen Schultern. „Du kannst jetzt gehen. Ich übernehme", sagte der Junge.

„Du kannst übernehmen, wenn ich fertig bin."

„Schichtwechsel", gab der Junge zähneknirschend zurück. Er lehnte sich zur Seite und schielte an dem Kerl vorbei, sah mitleidig auf sie herab.

„Verschwinde, Junge. Das hat nichts mit dir zu tun."

„Meine Schicht beginnt", erklärte er ruhig, „Und niemand tut der Königin während meiner Schicht etwas an."

„Wie du willst." Mit einem schmierigen Grinsen zog der monströse Kerl sein Schwert aus der Scheide. Das Schaben von rostigem Stahl gegen angelaufenes Leder jagte Katherine einen Schauer den Rücken hinab. *Nein!* Sie konnte nicht zulassen, dass jemand für sie starb. Nicht für sie.

„Verschwinde", presste sie mit brüchiger Stimme hervor, „Das ist es nicht wert."

Der Kerl lachte scheppernd und fuchtelte mit dem Schwert in ihre Richtung. „Du solltest auf sie hören."

Der junge Mann achtete weder auf das Schwert, noch die Hand, die es führte. Für einen Moment, der Katherine erschien wie eine Ewigkeit, betrachtete er sie schweigend. Traurigkeit lag in seinem Blick. Und *Mitleid*. Katherine könnte schreien. „Wie könnt ihr glauben, es nicht wert zu sein?", fragte er schließlich.

Katherine schnaubte. Lag die Antwort nicht auf der Hand? „Ich bin eine tote Frau", sagte sie tonlos, „Daran wird keine weitere Leiche etwas ändern."

Der Junge lachte und selbst hier, im Dunkel des Kerkers, schienen seine blass-grünen Augen zu leuchten. „Und ich bin ein Ehrenmann mit einem Todeswunsch." Ein schelmisches Lächeln umspielte seine Lippen, dann zog auch er sein Schwert und trat der Wache entgegen.

Die Szene glich David gegen Goliath, nur dass sie anders endete. Der Junge war nach zwei Hieben tot. Grinsend und blutverschmiert drehte sich der Riese zu ihr um. Nun konnte ihn nichts mehr aufhalten.

Als er fertig war, lehnte er sich noch einmal zu ihr runter, sodass sie seinen fauligen Atem an ihrem Ohr spürte. „Die Geschichte wird sich an dich als eine Hure erinnern", flüsterte er.

Katherine schluckte, verdrängte die Tränen mit einem Blinzeln. Ihr Blick wanderte zum Leichnam des Jungen. Seine Glieder waren gekrümmt, das aschblonde Haar blutgetränkt. Dann sah sie zu der Bestie hoch und zuckte schwach mit den Schultern. Ihre Stimme war unberührt, unerschüttert als sie sprach.

„So erinnert Geschichte die meisten Frauen."

Paris,   09. Juli 1782

Als Leonard erwachte, stanken die Pflastersteine nach Blut und Exkrementen. Er traute sich nicht die Augen zu öffnen. Er wusste, was für Bilder ihn erwarteten. Er erinnerte sich an seinen Tod und an alle anderen Tode. Trotzdem musste er aufstehen. Sie würden bald die Leichen einsammeln und in ein Massengrab werfen.

Vor langer Zeit hatte er einmal in so einem Massengrab gelegen, nach der Schlacht von… Er konnte sich nicht mehr erinnern. Was spielte es auch für eine Rolle? Er war für einen toten König in einem bedeutungslosen Krieg gestorben. Und dann hatte er dort gelegen, begraben, eine Ewigkeit. Er war immer wieder aufs Neue gestorben, während seine Kameraden um ihn herum verrotteten.

„Hey, der hier lebt noch!"

Ein Tritt in die Eingeweide riss Leonard aus den Erinnerungen, zurück auf das blutverschmierte Kopfsteinpflaster und unter den Stiefel eines Mannes. Er stöhnte. Hatte da gerade eine Rippe geknackt? Egal. Vermutlich würde er eh an einem Milzriss verbluten.

„Das kann nicht sein", sagte ein anderer, änderte dann aber seine Meinung, als er auf Leonard herabsah, der sich abwechselnd vor Schmerzen krümmte und laut aufjaulte.

„Dann änder's halt", ergänzte er achselzuckend und reichte dem ersten seinen Spieß. *Also doch nicht der Milzriss,* dachte Leo und schloss die Augen.

„Wartet!" Über den fauligen Geruch des Todes klang eine Frauenstimme, weich und doch gebieterisch. „Den behalten wir."

Vorsichtig öffnete er die Augen, um die Frau zu sehen, die versuchte, sein bedeutungsloses Leben zu retten. Sie stand über ihm, sah jedoch nicht auf ihn herab.

„Aber er ist ein-"

„Eben deshalb", gab die Frau zurück, „Verschnürt ihn gut für mich. Er fährt bei mir mit."

Der Saum ihres Kleides streifte sein Gesicht. Ihr Rock war von Schlamm und Blut verdreckt, doch das schien sie nicht zu stören. Sie trug das schmutzige Kleid und die aufwendige graue Perücke, als läge zu ihren Füßen ein Samtteppich und vor ihr der Thron. Doch diese Frau war nicht die Königin. Wer also war sie?

Er fand es kurz darauf heraus.

Die Soldaten hatten ihn gefesselt und in eine Kutsche gesetzt. Dann war die Frau dazu gestiegen. Ohne Wache.

„Mutig", wollte er sie aufziehen, doch sie unterbrach ihn mit einer gebieterischen Handbewegung.

„Schweig", zischte sie. Also schwieg er. Doch sie sagte auch nichts, musterte ihn nur mit ihren nachtschwarzen Augen, wie eine lauernde Viper. Dann, als die Kutsche sich in Bewegung setzte und sie nach einigen Minute auf eine unebene Landstraße einbogen, brach sie die Stille.

„Dein Leben ist mir egal. Du lebst, solange du mir Antworten gibst. Gefallen mir diese Antworten, vielleicht auch noch darüber hinaus."

Leonard lachte ungläubig, verfiel dann aber in ein Husten. „Ihr droht mir mit dem Tod?" Seine Seite schmerzte bei jedem Wort, doch um die Absurdität in solch einer Drohung zu unterstreichen, lachte er erneut.

„Ich biete dir dein Leben."

„Ich lehne ab."

Amüsiert hob sie eine Augenbraue. „Tust du nicht. Das tun sie nie."

Unbekümmert zuckte Leonard mit den Schultern. „Ich schon."

Den Rest der Fahrt schwieg sie, doch sie sah ihm unablässig in die Augen. Als die Kutsche hielt und sie ihn unsanft ins Freie stieß, erkannte Leonard, wo sie waren. Über ihm ragten die Schlossmauern von Versailles empor.

„Was geschieht mit mir?", fragte er, erfüllt von ehrfürchtigem Staunen.

„Das ist deine Entscheidung", antwortete sie knapp. Dann zerschnitt sie wortlos seine Fesseln und stieß ihn ins Freie.

Die Wachen, die sie in Empfang genommen hatten, ließ die Frau an der Kutsche zurück. Schnellen Schrittes trieb sie ihn vor sich her, immer tiefer in den Schatten des Schlosses.

„Wie ist euer Name?", fragte Leonard, während sein Blick die Mauern entlangwanderte.

Sie antwortete nicht. Nach einem kurzen Gang durch die prunkvollen Flure stieß sie ihn auf einen Innenhof hinaus. Er stolperte und kniff die Augen zusammen, um bei der grellen Mittagssonne nicht zu niesen. Als er sie langsam wieder öffnete, erkannte er das Holzgebilde im Zentrum. Entsetzt riss er den Kopf herum.

„Angst?" Die Frau lächelte wie eine Schlange vor dem Frühstück, beide Augen fest auf ihre Beute geheftet.

„Enttäuscht, eher", gab Leonard zurück. Nach dem ersten Schock, den der Anblick des Galgens ihm bereitet hatte, fand er seine übliche Gleichgültigkeit wieder. „Kriege ich wenigstens noch eine angemessene Henkersmahlzeit?"

Die schwarzäugige Frau legte den Kopf schief und verzog abschätzend sie schmalen Lippen. „Nein." Dann nahm sie zwei Finger zwischen die Zähne und stieß einen markerschütternden Pfiff aus. Leonard zuckte zusammen, und als der Henker ganz in Schwarz nach draußen trat, gleich ein zweites Mal. Doch wieder ebbte der Schreck nach wenigen Sekunden ab.

Als er zu der Frau sah, bemerkte er, dass sie ihn die ganze Zeit beobachtet hatte. Nachdenklich schob sie ihren Unterkiefer hin und her. Dann sagte sie: „Giselle."

Leonard blinzelte überrascht. „Wie bitte?"

„Mein Name. Du hast gefragt."

Ungläubig sah er sie an. „Leonard, sehr erfreut", murmelte er. Sein Blick huschte unsicher zwischen dem Galgen und Giselles schwarzen Augen hin und her.

„Zieh dein Hemd hoch", befahl sie und Leo gehorchte. Unter dem verkrusteten Stoff trat eine blaue Schwellung hervor. Jetzt spürte er auch das Pochen und die Hitze.

„Darf ich?", Giselle streckte die Hand aus. Leo nickte. Vorsichtig, mit Fingern wie Libellenflügel, tastete sie über seinen Bauch.

„Steinhart", bemerkte sie. Dann sah sie ihm in die Augen. „Du darfst gehen." Ungläubig ließ Leonard sein Hemd sinken und starrte sie an. „Wenn du das hier überlebst", fuhr sie mit einer kurzen Geste auf seinen Bauch fort, „Triff mich beim Untergang der Monarchie." Ihm stand der Mund offen. „Schau nicht so. Jede Monarchie muss irgendwann fallen. Und diese hier liegt bereits in Scherben."

Erfüllt von einer Mischung aus Verwirrung und Unglaube verließ Leonard das Schloss von Versailles. Er überlebte den Milzriss nicht. Doch das würde ihn nicht davon abhalten, diese faszinierende Frau wieder zu sehen.

„Beim Untergang der Monarchie", murmelte er und hoffte, dass dieser Tag bald kommen würde.

Paris,   16. Oktober 1793

Am Tag, als die Monarchie fiel, konnte Leonard das unbehagliche Gefühl nicht abschütteln, dass er sich im Tag geirrt hatte. Um ihn herum drängten sich die Menschen. Jeder wollte einen Platz am Schafott. Er reckte den Hals über die Menge, doch Giselle war nirgends zu sehen.

„Du lebst."

Er fuhr herum, obwohl die trockene Bemerkung nur von einer Person kommen konnte. „Giselle!", rief er freudig. Er hätte sie beinahe nicht erkannt. Sie trug keine Perücke und auch keine aufwendig bestickten Röcke. Ihr Kleid war schlicht, ebenso ihre braunen, glatten Haare. An irgendwen erinnerte sie ihn, jedoch gewiss nicht an die gebieterische Frau aus dem Schloss Versailles.

„Wie alt bist du?", fragte sie unverwandt.

Leonard blinzelte überrascht. Er wusste es nicht. Jemand drängte sich an ihm vorbei, wobei er vorwärts stolperte und gegen Giselle stieß. Diese schupste ihn unsanft zurück und strafte ihn mit einem warnenden Funkeln.

„Verzeihung", nuschelte er.

„Weißt du es überhaupt noch?"

Kurz musste er überlegen, was sie meinte. Dann schüttelte er den Kopf. Giselle schnaubte abfällig. Dann schob sie ihn zur Seite und wandte sich dem Schafott zu.

„Woher wusstest du, dass das passiert?", fragte Leo.

„Man lernt die Zeichen zu lesen", entgegnete Giselle. Dann wurde die Königin vorgeführt. Marie-Antoinette trug ein taubenweißes Kleid. Ihre Haare waren kurz.

Leonard hätte gerne nach den Zeichen gefragt, doch Giselles Blick war geradeaus auf das Schafott gerichtet. Geradeaus auf die Königin. „Wirklich tragisch", bemerkte Leo, „aber wahrlich nicht die schlimmste Art zu sterben."

Giselle lachte trocken. „Man unterschätzt es."

„Die Enthauptung?" Leo schüttelte den Kopf. „Ein glatter Schnitt und es ist vorbei", sagte er achselzuckend. Als er zu Giselle sah, bemerkte er, dass auch sie ihn ansah. Ihre Augen waren so schwarz wie der Abgrund, doch ihre Miene war ausdruckslos.

„Man unterschätzt die Todesangst."

Bei ihrer völligen Neutralität lief ihm ein Schauer den Rücken hinunter. „Mag sein", murmelte er.

Vorne musste die Königin wüste Beschimpfungen über sich ergehen lassen. Leonard konnte nicht hinsehen, also drehte er sich wieder Giselle zu.

„Warum habt Ihr mich heute herbestellt? Wohl kaum um mich über den Tod zu belehren."

Giselle wandte sich ab und zuckte mit den Schultern. Dann sagte sie ohne ihn anzusehen: „Um mich zu bedanken."

Leonard blinzelte überrascht. Wofür sollte diese Frau sich bei ihm bedanken? Die Frage hing unausgesprochen zwischen ihnen. Die Menge johlte auf, als die Königin in die Knie gezwungen und ihr Kopf in den Holzblock geklemmt wurde.

„Am Tag meiner einer eigenen Hinrichtung hast du mir Trost gespendet.", antwortete Giselle.

Einige Sekunden konnte Leonard ihre Worte nicht verarbeiten. Er hatte sie gehört, jedes einzelne Wort, doch er verstand sie nicht. Die Erkenntnis stieg langsam in ihm auf, wie eine wachsende Flut, dann überschwemmte ihn die letzte Welle. „Katherine Howard", japste er.

„Das ist nicht länger mein Name. Katherine Howard ist tot."

„Ihr seid-"

„-älter als ich aussehe, ja." Sie musterte ihn. „Genau wie du, nehme ich an."

Wortlos stieß Leo den Atem aus. Dann sah er an ihr herunter, an ihrer Leinenbluse und dem schlichten, braunen Rock, bis zu dem ausgetretenen Schuhen.

„Von einer Königin zu einer Bürgerlichen", spottete er, als er seine Sprache wiederfand, „Was ist passiert?"

Sie zuckte ungerührt mit den Schultern. „Ich habe dazugelernt."

In dem Moment stürzte die Guillotine herab und nach einem dumpfen Aufprall von Klinge auf Holz kullerte der Kopf der Königin in die vorgesehene Schale und die Menge tobte.

Washington DC, 09. November 1963

Lucy saß mit überschlagenen Beinen an der Bar. Zwischen ihren rot nachgezogenen Lippen klemmte ein silberner Stiel an dessen Ende eine Zigarette qualmte. Sie spürte die Blicke auf ihren nackten Schultern und ihrem großzügig ausgeschnittenen Dekolleté. Spielerisch wippte sie ihren roten Schuh auf der Fußspitze, dann drehte sie sich zu dem Mann am Tisch in der Ecke um und zwinkerte ihm zu. Nun musste sie nur noch warten. Und sie wartete nicht lange.

„Wie ist dein Name, meine Schöne?"

Ein mysteriöses Lächeln spielte um ihre Lippen. „Du darfst mich Lucy nennen." Lucy war nicht ihr echter Name, doch das spielte keine Rolle. Namen spielten selten irgendeine Rolle.

„Na dann, Lucy, was ist das Gift deiner Wahl?"

„Wodka auf Eis mit einer Scheibe Limette."

„Eine Frau mit Persönlichkeit, wie ich sehe."

„Eine Frau mit Vergangenheit", korrigierte sie.

Während des gesamten Wortwechsels hatte Lucy den Blickkontakt kein einziges Mal unterbrochen. Selbst als die Getränke kamen, Gläser klirrten und sie den ersten Schluck Zellgift nahm, sah sie ihm noch über den Gläserrand hinweg in die Augen. Er schaute immer wieder weg. Lucy ließ sich noch einige Gläser von ihm kaufen, dann folgte sie ihm wankend zum Aufzug.

Sein Zimmer lag auf der ersten Etage, das wusste sie. Doch es war immer der Aufzug. Lucy seufzte. Kaum schlossen sich die Türen, drängte er sie gegen den Spiegel. Seine Lippen schmeckten nach Tabak und Whisky. Er umklammerte ihre Hüften wie einen Rettungsring, so als fürchtete er, sie zu verlieren. Doch Lucy würde nirgendwo hingehen. Nicht vor ihm.

Als die Aufzugtüren aufschwangen hatte sie ihm das Hemd schon halb ausgezogen. Ihr kurzes Kleid war so weit hochgerutscht, dass ihr Slipp sichtbar als roter Streifen über ihren weißen Oberschenkel schnitt. Der Mann schlug die Tür zu. Er keuchte. Ja, Lucy gönnte ihm keine Zeit zu atmen. Sie zog ihn näher an sich heran, näher zum Bett.

Sie schupste ihn verspielt in die Laken, setzte sich auf seinen Schoß und nahm sein raues Gesicht in beide Hände. Sie küsste ihn, schob eine Hand durch sein Haar, packte ihn fester. Dann brach sie ihm das Genick.

Lucy war jedes Mal überrascht von der Stille. Sie ließ den Toten in die Laken fallen und stand vom Bett auf. Ihr zerknittertes Kleid zog sie glatt, dann suchte sie ihre Schuhe.

Vor der Garderobe blieb sie stehen. Mit verzogenen Mundwinkeln betrachtete sie sich im Spiegel. Ihr Lippenstift war verwischt, ihre erdbeerblonde Fönfrisur zerzaust. So konnte sie nicht auf die Straße treten. Seufzend ging sie ins Badezimmer, richtete Haare und Makeup und spülte den bleiernen Geschmack von Alkohol und Tod ihre Kehle herunter. Dann ging sie, schloss auf ihrem Weg nach draußen die Tür und verschwand durch die glitzernde Lobby irgendwo auf den Straßen der Stadt.

Am Bahnhof tauchte sie wieder auf. Dieses Mal gekleidet in eine schlichte Bluse, eine weite, braune Hose und einen Blazer der gleichen Farbe. An einem Kiosk blieb sie stehen und nahm eine Zeitung in die Hand. Normalerweise las sie keine Zeitung. Zu selten las man etwas Interessantes und noch seltener war es wahr. Außerdem beschlich Lucy das Gefühl, dass die Jahre zu einem grauen Brei verschmolzen, wenn sie jeden Tag die gleichen, bedeutungslosen Geschichten las. Und wenn man der Ewigkeit entgegenblickte, konnte man sich das nicht leisten.

Trotzdem reichte sie einige Münzen über den Tresen, bedankte sich und nahm die Zeitung mit. Über den Rand ihrer Sonnenbrille beobachtete Lucy die umstehenden Leute. Eine kleine, dicke Frau mit einem noch kleineren, noch

dickeren Kind an der Hand. Ein Kerl in verrußten Arbeits-
hosen, vermutlich ein Fabrikarbeiter. Er hustete schwer.

Etwas weiter saß ein junger Mann mit Schirmmütze und
rauchte. Lucy beobachtete ihn aus schmalen Augen. Sie ver-
achtete Menschen, die rauchten, die mit jedem Atemzug Le-
benszeit verbrannten. Und dieser Bursche saß auf der Bank,
völlig unbekümmert, und quarzte.

Lucy tat das, was sie häufig in Menschenmassen tat. Sie
stellte sich den Mann vor, heute, morgen, in zehn Jahren.
Sie malte sich aus, wie er alterte, zerfiel, dem Tod immer
näher rückte, bis er schließlich starb. Das tat sie auch bei
Kindern. Gerade bei Kindern. Es war ein sonderbares Gefühl zu wissen, dass man jeden Menschen um sich herum
überleben würde. Das Gefühl glich einem nostalgischen
Ziehen, einer Sehnsucht, irgendwas oder irgendwen fest-
halten zu wollen. Doch am Ende musste jede Rose welken,
also ging man und schnitt sich eine neue. *Fast jede…*

Und dieser Bengel, dachte sie, *dieser Bengel würde schneller
welken.* Seine Lungen waren vermutlich längst grau und
knitterig.

Kopfschüttelnd packte sie ihr flaches Silber-Etui aus. Sie
steckte eine Zigarette an einen dünnen Stiel, riss das Streich-
holz an und nahm einen tiefen Zug.

Der quarzende Junge tat es ihr gleich. Als seine Zigarette heruntergebrannt war drückte er sie auf de Armlehne aus und stand auf. Er lief direkt auf sie zu. Lucy starrte ihn an. Er starrte nicht zurück. Er sah sie nicht einmal an. Diese grünen, jahrhundertealten Augen in dem jungen Gesicht schauten achtlos an ihr vorbei.

Sie schlug die Zeitung zusammen, der sie eh kaum Aufmerksamkeit geschenkt hatte, und stellte sich dem jungen Mann in den Weg.

„Leonard." Sie rang sich ein Lächeln ab. Es waren Jahrzehnte seit ihrer letzten Begegnung vergangen und wenn Lucy sich recht erinnerte, hatten sie sich gestritten. Sie nahm die Sonnenbrille ab und im Moment des Erkennens leuchtete Leonards Gesicht hell auf.

„Katherine!"

„Lucy", korrigierte sie ihn.

„Lucy", wiederholte er. Er ließ den Namen wie Morgentau von seiner Zunge rollen und er lächelte, als schmeckte jeder Buchstabe nach Honig. „Lange nicht gesehen."

„Eine Weile", bestätigte sie.

„Zu lange." Nach kurzem Zögern breitete er die Arme aus. Lucy zuckte zusammen. „Darf ich?", fragte er.

Sie nickte, schluckte das Kribbeln herunter und ging einen Schritt auf ihn zu. Er drückte sie. Doch er zog sie nicht an sich, wie einen Besitz. Er umschlang sie, als wäre sie ein Teil von ihm und er von ihr.

Sie tätschelte seine Schulterblätter. Und während sie seinen Duft nach Tabak und Schweiß und altem Leder aufsog, bemerkte sie, dass sie ihn tatsächlich vermisst hatte.

Brüssel,   03. August 2018

„Kaffee. Zucker. Und viel Milch", japste Leonard. Zwischen Bezahlen und dem Entgegennehmen des Kaffees zog er seine Krawatte zurecht.

Im Gehen zog er sein Handy heraus, öffnete die Innenkamera, schaute sich an. Sein kinnlanges Haar war mit einem Gummiband im Nacken zusammengebunden, doch vorne lösten sich bereits die ersten Strähnen. Und er hatte Augenringe. *Kein Wunder*, dachte er. Schließlich lebte er bereits seit hunderten von Jahren, ohne dass ihm je der ewige Schlaf vergönnt war.

Er schloss für einige Sekunden die Augen und als er sie wieder öffnete war es bereits zu spät. Leonard stieß frontal gegen eine Straßenlaterne. Der Milchkaffee in seiner Hand landete auf dem zerknitterten Hemd. Ihm entfuhr ein schmerzerfülltes Zischen, von der Hitze des Kaffees und der Beule an seiner Stirn. Leise fluchend rieb er den Kaffeefleck mit seinem Jackenärmel immer tiefer in den Hemdstoff. Dann gab er auf.

An der Ampel schaute er nochmal auf sein Handy. 11:23 Uhr. Er war spät dran. Er brauchte dieses

Vorstellungsgespräch. Er brauchte den Job. Sein Geld war alle und die Ewigkeit machte ohne Geld noch weniger Spaß.

Müde beobachtete er die vorbeifahrenden Autos. *Ein Schritt*, dachte er. *Ein Schritt wäre genug. Ein Schritt und der Tag war vorbei.* Doch was würde es ändern? Er würde es ja doch überleben. Bitterkeit erfüllte ihn, wucherte wie giftiger Efeu in seiner Brust, drückte ihm die Luft ab und schnürte seine Kehle zu. Das war nicht fair.

Er beobachtete die Leute, die geschäftig durch die Straßen eilten. Und er beneidete sie. Er beneidete sie um ihre Sterblichkeit, um den einen Ausweg, der ihm für immer verwehrt bleiben würde. Sein Blick blieb an einer Frau im blauen Hosenanzug hängen. Die schulterlangen, glatten Haare waren von einem unscheinbaren Blond. *Doch diese Augen, ihr Gesicht.* Dieses Gesicht kannte er. In all den Jahrhunderten hatte er es so oft gesehen, er kannte es beinahe so gut, wie sein eigenes. Es war das einzige, das nie verschwand. Oder immerhin nicht für lange und gewiss nicht für immer. Irgendwo tauchte sie immer wieder auf.

Er wartete nicht, bis die Ampel grün war, sondern rannte einfach los. Einige Autos hupten, doch das war ihm egal. „Katherine!", rief er ihr nach. Er wusste, dass das nicht ihr Name war, aber „*Lucy*" schmeckte immer noch blutig.

Die Frau blieb stehen, drehte sich zu ihm um und legte den Kopf schief. Asch-blonde Strähnen fielen ihr ins Gesicht. „Mein Name ist Anna", korrigierte sie ihn.

Er nickte. „Die Straße runter ist eine Bar. Trinkst du deinen Wodka immer noch pur?"

„Ich trinke nicht", antwortete sie knapp, fügte dann aber nach kurzer Überlegung und einem Blick auf sein Hemd hinzu: „Aber ich würde mir einen Kaffee spendieren lassen."

Leonard strahlte. Für das Vorstellungsgespräch war er eh viel zu spät. Und er konnte dringend einen neuen Kaffee gebrauchen.

Dallas,   21. November 1963

Während der Bahnfahrt hatte Leonard über die letzten Jahrzehnte erzählt, die Lucy verpasst hatte. Er hatte ein Unternehmen gegründet, irgendwas Kleines, doch er hatte vor, damit an die Börse zu gehen.

„Das kann ich noch aufschieben", hatte er gesagt, als Lucy ihm erzählte, dass ihr Weg unausweichlich nach Dallas führte. Also hatte er einen Fahrschein gekauft und war ohne einen Koffer mit ihr in den Zug gestiegen.

Mittlerweile lagen sie nebeneinander in einem Hotelzimmer und rauchten. Sie und Leonard hatten sich die Tage bis zum heutigen Abend gut vertrieben. Für Lucys Job war alles vorbereitet. Sie wusste nur noch nicht recht, wie sie Leonard erklären sollte, dass sie die Stadt heute Nacht verlassen mussten.

Wahrscheinlich würde sie alleine gehen. Dafür konnte sie sich dann in einem anderen Jahrhundert entschuldigen.

Ein Blick auf ihre Armbanduhr verriet, dass es Zeit wurde. Ein Kribbeln stieg in ihr auf und kitzelte in den Fingerspitzen. Sie schlug die Bettdecke zurück und schwang die Beine über die Kante. Dabei trat sie auf Leonards Jacke, genauer gesagt, auf seine Jackentasche und das, was darin war. Sie griff herein und zog ein altes Notizbuch in einem abgegriffenen Ledereinband heraus. Sie schlug es auf.

„Ein Tagebuch?", fragte sie amüsiert. Leo wurde rot.

„Gib das her", nuschelte er und griff nach dem Buch, doch Lucy zog die Hand zurück.

„Ein kurzes Buch der kleinen Tode", las sie vor und ließ es dabei klingen, wie den Titel einer Ballade. Dann begriff sie den Inhalt. Fasziniert blätterte sie weiter, überflog die Seiten und sah immer wieder fragend auf.

„Sag mal", hauchte sie und starrte ihn an, „ist das etwa jeder Tod, den du je gestorben bist?"

Leonard schüttelte den Kopf. „Keine Dopplungen. Schließlich weiß ich dann, dass es nicht klappt."

Lucys Augen wurden groß und dann ganz klein. „Du suchst nach einem Ende?", fragte sie, betonte dabei jedes einzelne Wort.

Leonard zuckte mit den Schultern.

„So ein Unsinn", lachte sie und warf das Buch achtlos in eine Ecke. Leonards Blick folgte dem Buch und er machte Anstalten aufzustehen, doch Lucy schob sich dazwischen, schlug die Decke zur Seite und setzte sich auf seinen Schoß. Mit beiden Händen umfasste sie sein Gesicht, sah in seine

46

grünen Augen. Alles in seinem Blick verzehrte sich nach dem Buch. Immer wieder sah er zur Seite, suchte mit den Augen danach.

„Wirf es weg", raunte sie und küsste ihn. Er küsste nicht zurück. „Leonard", sagte sie. Was sollte das? Wieso verstand er nicht? Das Blut pulsierte in ihren Adern. Sie hatte nicht mehr viel Zeit. „Du brauchst es nicht. Es ist bedeutungslos." Sie wippte auf und ab. Die Vorfreude mischte sich mit dem anschwellenden Adrenalin. Sie suchte in seinem Blick nach Verständnis. Gleich musste sie los. Gleich würde sie den Präsidenten töten.

„Uns gehört die Ewigkeit", flüsterte sie und schloss ihre Lippen auf seinen. Leonard antwortete nicht und sie hatte nicht die Zeit, ihm die Sache weiter zu erklären. Sie gab ihm einen letzten Kuss, strich durch seine Haare und stand auf. „Ich muss noch mal los", sagte sie beiläufig, „Arbeiten."

Leonard antwortete nicht. Er saß noch immer regungslos auf der Bettkannte, den Blick an sein Buch geklebt. Lucy seufzte. Wie konnte er sich so sehr nach dem Tod verzehren? Sie waren Überlebende. Sie waren die Überlebenden jeder Epoche.

Lucy zog sich um und als sie bereits nach ihrem Mantel griff, sprach Leonard doch: „Arbeiten?" Nur ein Wort. Lucy konnte nicht sagen, ob er ihr eine Lüge oder ein Verbrechen unterstellte. Oder einen Seitensprung. „Was arbeitest du?" Sein Blick wanderte immer wieder zwischen dem Kleid und ihren roten Lippen hin und her.

Sie lächelte kalt. „Ich habe ein Date mit dem Präsidenten."

Sein Mund stand offen vor Abscheu. Die letzten Nächte schienen wie Schreckensbilder an ihm vorbei zu huschen, dann zog er die Bettdecke über seinen nackten Oberkörper.

Lucy verdrehte die Augen. „Entspann dich. Wenn ich den Job heute schaffe, habe ich für ein halbes Jahrhundert ausgesorgt." Er sah sie immer noch mit so viel Entsetzen an, dass sie hinzufügte: „Außerdem schlafe ich ja nicht mit ihm. Ich töte ihn nur."

Ihm entfuhr ein Zischen. Dann sagte er gar nichts mehr. Sein Blick sagte genug.

Lucy stöhnte und warf ihren Mantel mit Schwung zur Seite. „Hör auf mich so anzusehen. Eine Frau in meiner Lage hatte keine Wahl, als eine Hure zu sein. Also war ich eine teure Hure."

„Du bist aber keine Hure, Katherine!" Er sprang vom Bett auf und kam mit erhobenem Zeigefinger auf sie zu. „Du bist eine Mörderin. Das ist viel schlimmer."

„Nenn mich nicht so", zischte sie und sie ertappte sich dabei, wie sie ausholte. „Katherine Howard ist tot. Ich bin am Leben." Sie senkte die Hand, doch Leonard hatte ihre Drohgebärde gesehen.

„Bist du das?" Seine Stimme war schrill. „Du verurteilst mich, weil ich nach all den Jahrhunderten endlich in Ruhe sterben will, dabei bist du innerlich längst tot."

Sie lachte, kalt und freudlos. „Ich geh jetzt", sagte sie und hob ihren Mantel vom Boden auf. Doch als sie nach der Türklinke griff, hielt Leo sie auf.

„Warte", sagte er, „So möchte ich nicht auseinander gehen." Er kam auf sie zu und küsste sie, warm und herzlich, und er schmeckte nach Vergebung. Lucy Schultern entspannten sich. Erleichterung breitete sich in ihrer Brust aus und sie küsste ihn zurück.

Und dann packte er sie. Der Ruck kam so überraschend, dass er es schaffte, sie von den Beinen zu reißen. Er kniete sich auf ihre Arme und legte seine Hände um ihren Hals.

Nein, dachte Lucy, *das wagt er nicht*. Sie wand sich hin und her, wie ein Fisch, doch Leo war zu schwer.

„Wenn ich es nicht tue", presste Lucy hervor, „wird es jemand anderes tun." Doch ihr Blick wurde bereits trüb.

„Die anderen sind mir egal", flüsterte er, „Du bist mir nicht egal." Und dann drückte er fester, presste das Leben aus ihr heraus.

Als sie erwachte flutete die Nachricht bereits die Straßen. Der Präsident war tot. Lucy kaufte sich sogar eine Zeitung, um darüber zu lesen.

Leonard sah sie in diesem Jahrtausend nicht wieder.

Brüssel,   03. August 2018

Leonards Milchkaffee wurde kalt. Er war damit beschäftigt, jedes von Annas Worten aufzusaugen, nachzufragen und sie zu betrachten. Er wollte nichts vergessen, brannte jedes Detail ihrer Erscheinung in sein Gedächtnis. Die Art, wie sie ihre Kaffeetasse hielt. Die kleinen Ausbrüche naiver Begeisterung, wenn sie davon sprach, die Welt zu verbessern. Und das Leuchten ihrer schwarzen Augen, wenn sie ihn ansah.

So viel hatte sich seit dem letzten Mal geändert. Und doch war Anna die Einzige, die ihn je so angesehen hatte. Sie war die Einzige, die ihn je richtig gesehen hatte. Es wunderte ihn nicht, dass es sie ins Europaparlament gezogen hatte. Anna hatte sich schon immer in der Nähe von Königinnen und Königen aufgehalten. Und in der Nähe von Präsidenten.

Er lächelte schnell, aus Angst, sie könnte sein plötzliches Unbehagen bemerken.

„Und du?", fragte sie, „Was ist aus deinem Unternehmen geworden?"

„Ah." Leonard winkte ab und setzte die Tasse an seine Lippen. Das Unternehmen war Geschichte. Lucy müsste das eigentlich wissen, schließlich hatte er für *sie* den Börseneinstieg verpasst. Bei dem Gedanken an die erdbeerblonde Mörderin zuckte er unwillkürlich zusammen. Der kalte Milchkaffe schwappte über.

Anna hob eine Augenbraue. „Also auch auf anderen Wegen", stellte sie wertneutral fest.

Leonard nickte, senkte rasch den Kopf und trank etwas von dem Kaffee, um die steigende Röte in seinem Gesicht zu verbergen.

Und so ging ihr jahrhundertealtes Spiel von vorne los. Er zog bei Anna ein. Sie hatte ein hübsches Appartement in der Innenstadt. Sie arbeitete viel und er leistete ihr Gesellschaft. Und vielleicht hätten sie ihr Spiel dieses Mal auch ein paar Jahre, vielleicht Jahrzehnte, weiterspielen können, wäre Leonard nicht so ein Chaot gewesen.

Eines Abends kam er von einer Kneipentour nach Hause. Er nahm an, dass Anna längst im Bett lag, schließlich musste sie morgens früh raus. Doch sie war noch wach und wartete bereits auf ihn.

Als er leise durch die Tür kam, saß sie am Esstisch. Vor ihr lag ein abgewetztes Notizbuch in einem schwarzen Ledereinband.

„Was ist das?", fragte sie ruhig und ohne ihn anzusehen.

„Hast du meine Sachen durchsucht?"

Sie sprang auf, so plötzlich, dass der Stuhl nach hinten flog. „Was ist das?", schrie sie.

Als er nicht antwortete, schlug Anna ihm das Buch vor die Füße und drängte sich dann so nahe an ihn heran, dass sie beinahe darauf trat. Ihre feinen Züge waren wutverzerrt. Die Grimasse sollte ihre Enttäuschung verbergen, doch Leonard konnte sie sehen. Tränen schwammen vor ihren Augen.

„Könntest du kurz zur Seite gehen?", fragte er ruhig. Er würde sie auch sanft zur Seite schieben, doch er befürchtete bei der kleinsten Berührung ein Messer in die Rippen zu kriegen. Sie wich kein Stück zurück.

„Anna."

„Du bist erbärmlich", zischte sie. Die Worte spuckte sie aus wie giftige Schnecken.

Er bückte sich, um das Buch aufzuheben. Seine Finger streiften den Einband, da trat Anna das Buch quer durch den Raum. Er seufzte müde. Anna sah auf ihn herab. „Möchtest du sterben?"

Er zuckte mit den Schultern. „Du denn nicht?"

„Nein", keifte sie, „Nein, das will ich nicht." Die Überzeugung in ihrer Stimme war echt und er beneidete sie darum. „Ich will leben", brüllte sie ihn an, „Ich will diese gottverdammte Welt verändern." Nach einer kurzen Pause fügte sie leise hinzu: „Und ich dachte, du willst das auch."

Leonard wusste, dass das gelogen war. „Will ich nicht", entgegnete er, „Wollte ich nie."

„Und was war ich dann für dich?", fragte sie patzig, „Ein Zeitvertreib auf deinem Weg zum Selbstmord?" Die Frage war wie ein Schlag ins Gesicht. Ausgerechnet von ihr. Ausgerechnet von Katherine, die sich einen Dreck um andere Menschen scherte.

„Das ist nicht fair", presste er zwischen zusammengebissenen Zähnen hervor.

„Nein", stimmte sie ihm zu, „Das Leben ist nicht fair. Aber deshalb wirft man es noch lange nicht weg."

Leonard schloss die Augen und rieb sich die pochenden Schläfen. „Ich weiß nicht, worüber wir hier streiten. Das ist für uns zwei doch eh alles rein hypothetisch. Ich werde nicht sterben, du wirst nicht sterben und wir zwei können unser kleines Spielchen bis in alle Ewigkeit weiterspielen."

Anna schwieg. Und ihr Schweigen erschien ihm verdächtig. „Wir können nicht sterben?", fragte er vorsichtig. Hoffnung wallte in ihm auf. „Richtig?"

Wieder schwieg sie. Leonard lachte, ob vor Unglauben oder Begeisterung wusste er nicht. Sie hatte wirklich einen Weg gefunden. Diese Frau, dieses Monster, hatte selbst die letzte Hürde ihrer Natur überwunden und den Tod selbst bezwungen.

Während er lachte, sah sie ihn voller Abscheu an. Dann drehte sie sich um. Wortlos hob sie das Notizbuch auf, nahm einen Stift und kritzelte etwas hinein. Dann reichte sie ihm das Buch, nahm ihre Jacke und ging zur Tür. Dort blieb sie noch einmal stehen und drehte sich zu ihm um. In ihrem Blick lagen Jahrhunderte.

„Ich hoffe, dass wir uns wieder sehen", sagte sie, „aber das liegt wohl bei dir."

Leonard wollte sich bedanken, doch ihm steckte ein Kloß im Hals. Und dann war sie auch schon verschwunden. Ganz allein stand er in ihrer schlichten Wohnung. In einigen Ecken lagen Sachen von ihm.

„Danke", flüsterte er und schlug das Buch auf.

Magdalena wollte nicht weinen. So etwas tat sie nicht. Sie hatte vor langer Zeit geschworen. Es nie wieder zu tun.

Der kalte Februarwind blies durch ihr kurzes Haar. Sie zog die Schultern bis unter ihre unbedeckten Ohren. Mit weißen Fingern hielt sie die Blume umklammert. Eine Dahlie, prall wie ein Apfel und blau wie ihre Trauer.

Das Grab war unbepflanzt. Auf dem Grabstein stand kein Name. Wieso auch? Namen waren bedeutungslos. Und Gräber waren für die Hinterbliebenen. Ihresgleichen hatte keine Hinterbliebenen und eigentlich auch keine Gräber.

Sie erinnerte sich zurück an ihre erste Begegnung. Leonard war bereitwillig für sie gestorben. Damals war ihr das wie die großmöglichste Geste erschienen. Nun wusste sie es besser.

Er war für sie gestorben, weil er das Leben nicht schätzte. Er hätte sein Leben auch gegen eine Haselnuss getauscht. Und als es darauf ankam, als sie ihn darum angefleht hatte, hatte er sich geweigert, für sie zu leben.

Magdalena warf die Blume aufs Grab, wischte sich die Tränen vom Gesicht und verließ den Friedhof.